A NAMORADA DE SANDRO

CAMILA SOSA VILLADA
A NAMORADA DE SANDRO

Tradução
Joca Reiners Terron

TUSQUETS
EDITORES

Copyright © Camila Sosa Villada, 2015
Copyright © Tusquets Editores, S.A., 2020
Copyright © Editora Planeta do Brasil, 2024
Copyright da tradução © Joca Reiners Terron, 2024
Todos os direitos reservados.
Título original: *La Novia de Sandro*

Preparação: Mateus Duque Erthal
Revisão: Débora Dutra Vieira
Projeto gráfico: Jussara Fino
Diagramação: Márcia Matos
Capa: Adaptada do projeto gráfico original de Compañía
Imagem de capa: Paula Cruz

Dados Internacionais de Catalogação na Publicação (CIP)
Angélica Ilacqua CRB-8/7057

Villada, Camila Sosa
  A namorada de Sandro / Camila Sosa Villada ; tradução de Joca Reiners Terron. – 1. ed. – São Paulo : Planeta do Brasil, 2024.
  96 p.

ISBN 978-85-422-2716-1
Título original: La Novia de Sandro

1. Literatura argentina I. Título II. Terron, Joca Reiners

24-1961   CDD Ar860

Índice para catálogo sistemático:
1. Literatura argentina

Ao escolher este livro, você está apoiando o manejo responsável das florestas do mundo

2024
Todos os direitos desta edição reservados à
EDITORA PLANETA DO BRASIL LTDA.
Rua Bela Cintra, 986 – 4º andar
Consolação – 01415-002 – São Paulo-SP
www.planetadelivros.com.br
faleconosco@editoraplaneta.com.br

*A La Grace, minha mãe, que me ensinou a ler
em um vilarejo perdido para a literatura.
A Don Sosa, meu pai, que me ensinou a escrever
quando voltava do trabalho.*

Sou uma negra* de merda, uma ordinária, uma marginal, navalha na liga, o mundo é grande demais para mim, o tempo se arrasta para mim, as sedas não me caem bem, o respeito é imenso demais para mim, sou negra como carvão, como lama, como pântano, sou negra de alma, de coração, de pensamento, de nascimento e destino. Sou uma vadia, uma desclassificada, uma desterrada, uma sombra do que poderia ter sido. Sou miserável, malaca, deslocada, nunca sei como sorrir, a melhor postura, como aparecer, sou um vazio sem fundo onde a esperança e a poesia desaparecem, sou um passo à beira do precipício e o espírito me alça por um fio. Quando chego a algum lugar, todos se

---

* Na Argentina, "negra" ou "negro", a despeito de poderem ser palavras profundamente pejorativas, e como o próprio texto expõe, não se referem exclusivamente à cor da pele, estendendo-se à baixa classe social, ao crime (ladrões e punguistas), a habitantes de "villas" (favelas) e demais tipos socialmente marginalizados. (N.T.)

afastam, e como boa negra que sou, me aproximo do fogo e reluzo, com um brilho incomum, como uma armadilha, como se o próprio mal se depositasse em meus lampejos.

Nunca soube ao certo se deveria odiar ou amar os homens. Por muitos anos, eles foram os que mais me entristeceram, mas também (e ao escrever isto, me dá água na boca) os que mais alegria proporcionaram a estes músculos cheios de estrogênio. Eu os amava por suas panturrilhas, a parte mais sexy de seu corpo. Pela pelagem que cobria sua pele, por suas mãos que apertavam meus peitos de mezzo-soprano que entoavam baladas à maneira de Ginamaría Hidalgo; pela força deles e pela maneira como dominavam todo o meu pensamento com um toque distraído.

Eu os odiava pela extensão de sua imaginação, pobre e opaca. Por seu espírito mendicante, sua mente literal. Sempre foram de entrega mesquinha e fugidios. Jogavam fora minha solidão barata e marginal, minha entrega de animal sem patrão, e partiam com um gesto de abandono que me lembrava a mim mesma, deixando-me morrer dessa tristeza tão anos noventa com a qual enfrentava a vida. Faziam com que eu me sentisse a mais feia de toda a região, mas disso não posso acusá-los somente a eles.

E eu, sempre despetalando flores envenenadas, bem-me-quer, malmequer, com a dignidade pelo chão, amando suas pernas de caçador e seus olhares sombrios, sua despreocupada beleza de animal das montanhas. E meu ventre cantava de júbilo se eles me dedicavam um olhar, e minha saliva adocicava apenas por tê-los por perto.

No final, distraí-me e preferi a companhia de minhas amigas, das bichas que enfeitam minha vida. Nesta idade, nem amor nem ódio reservo para esses protomachos. Nem desejo nem paixões para os centauros de frágil testosterona. Sempre mal-humorados, apóstatas da comunicação, com esses presentes rachados que trazem como oferendas a nossos pés, assim como um gato presenteia sua dona com um rato morto.

Não é que essa distância seja irreconciliável, mas conheço os homens. Eu mesma costumava ser um.

Este é o elogio à minha feiura,
à sua mão calejada e sua axila escura.
Este é o elogio ao meu corpo que perambula
para fugir da memória.
Este é um canto ao meu nariz quebrado, às minhas mãos
de anão, à sombra nigromante da minha barba.
Este é um sacrifício às minhas tetas adolescentes,
às maçãs de meu rosto de índia mansa,
aos meus lábios secos.
Aos caninos desgastados pela raiva, às minhas unhas
    rachadas,
ao meu sexo sempre às escuras.
Estas são as últimas palavras de uma amante condenada,
uma conversa com algum deus que tem
tempo de sobra.

(Helsinque)

É necessário agradecer ao homem que teve a ideia
de instalar um banco diante do mar.
E ao operário que o ancorou ao cimento da calçada
e talvez tenha suspirado ao concluir seu trabalho
e olhou a paisagem que agora contemplo:
o mar Báltico e os barcos que o cruzam.
E o templo que essas mãos construíram,
às quais prestamos homenagem.
As mãos que pegaram as ferramentas,
cavaram a terra, plantaram árvores,
e recolhem as folhas quando o frio começa,
sem queimá-las jamais, deixam-nas voltar à terra.

Guardei do mundo este apartamento
que se volta para o leste,
no último andar de um edifício do centro.
A brisa sopra constantemente e não permite
que os maus espíritos permaneçam por tempo demais.
Procurei esta casa, com cortinas e vestidos estampados,
meias de renda preta e saltos altos.
Aqui, e em nenhum outro lugar, estou a salvo.
Este é meu covil, decorado e cuidado por sua própria dona,
com as fotografias, os livros, os aromas de travesti
que tenta se acalmar de suas antigas batalhas.
Já pareceu impossível que uma pessoa pudesse criar
    a felicidade
como se cria uma obra de arte.

A mulher acorda, levanta-se e prepara o café da manhã.

Esquenta o pão dormido na torradeira e prepara o chimarrão. Em seguida, aquece os uniformes e roupas das crianças perto do pequeno aquecedor elétrico. Acorda seus filhos e os veste com aquelas roupas quentinhas. Tomam o café da manhã, brigam, sujam tudo, nada está arrumado e já é hora de ir para a escola. Antes de sair, diante do espelho pendurado ao lado da porta, ela pinta os lábios com um batom barato que nela parece ser o suprassumo da cosmética moderna. Outras crianças chegam à escola de transporte, mas eles vão de mãos dadas com sua mãe. Antes de se despedir, tira do bolso o trocado para que comprem algo na cantina. Para não chorar, acende um cigarro e enche seus pulmões de trevas.

Vai para o trabalho.

Limpa os magníficos vestígios de outras famílias, arruma a cama onde outro casal fez amor, esfrega vasos sanitários onde os patrões cagam sua merda, passa as caras roupas alheias com a mesma delicadeza e cuidado com que passa suas próprias roupas.

Quando termina, faz horas extras atendendo mesas em um bar.

Um senhor muito velho a observa de uma mesa próxima à janela e assente levemente com a cabeça, como se compreendesse sua beleza. Sob os véus do cansaço e a sombra do descontentamento desses olhos, ele vê que é uma mulher bonita. Ela é Mamma Roma, é todas as mães que acendem velas aos santos pela felicidade de seus filhos. Todas aquelas que não tiveram a chance de pensar que existe uma vida só para elas.

Antes de anoitecer, busca seus filhos na casa de uma vizinha que cuida deles.

Jantam e assistem juntos a uma novela meio apimentada. Quando as crianças dormem, ela retira a maquiagem espessa que a pobreza permite comprar, abre uma latinha de cerveja diante da televisão e pensa: "O próximo sucesso da minha vida será viver com meus filhos diante do mar".

Na noite em que nos conhecemos
as palavras pairavam no ar
um tropel de cavalos que corriam
na direção do deserto para morrer de sede.
Suicidas de seda, camicases de organza.
Entreolhávamos nossas bocas
e procurávamos entre todos os gestos
a oportunidade para nos tocar.
Esquecemos que as palavras estavam por perto.
Deixamos que flutuassem como crianças malcriadas
sobre nossa íntima cerimônia.
Estávamos juntos e cochichávamos doçuras ao ouvido
antes de partirmos em direções opostas.
A despedida foi breve,
deixamos que nosso piedoso vocabulário
tivesse seu minuto de descanso.
Ao chegar em casa, uma dor na nuca

me lembrou de que eu tinha um corpo e,
em ordem de merecimento,
você o merecia por inteiro.

Hoje é feriado e limpei minha casa.
Lá fora, uma filigrana de água era tecida com delicadeza
enquanto eu movia os móveis e limpava os cantos.
Perfumei os quartos com *palo santo*,
sacudi almofadas e tapetes,
limpei espelho, banheiro, mesa,
espantei a poeira dos livros nas estantes,
escutei os discos que me deste
e senti que arejava meu coração.
Agora a casa está limpa e cheira a panela de barro.
A noite caçadora fez sua ronda e penso em ti.
Não sei por quanto tempo não o verei,
tomo consciência de todos os lugares que tua
ternura preenche.
Algo dentro de mim se agita como uma manada faminta:
a rotina interrompida pela ausência dos teus beijos.

Andei feito louca procurando teu cheiro pela casa.
Debaixo da mesa, nas gavetas, entre as cortinas,
atrás da porta, no cabide em que pendem
inúteis os casacos.
Na bolsa em que eu tinha guardado tua blusa,
afundei meu rosto nas mãos em concha
como faço quando sinto vergonha.
Toda a minha casa cheira ao perfume bom e modesto
que você pôde comprar
com teu salário de professor em um país como este.
Por precaução, fechei todas as janelas e respiro devagar.
Lá fora os pássaros pensam que morri de amor.

Às vezes, sentada em frente ao computador,
escuto o passado bater à porta.
Quem é?, pergunto, e ele adota vozes que me causam
    pânico,
faz piadas macabras que me deixam paranoica,
sussurra, traz consigo fofocas e ressentimentos,
e quando se cansa de assustar,
deita-se para dormir como dono e senhor.
O passado negocia com a felicidade e a amargura,
é um traficante silencioso, sem vícios e bem-comportado.
Ele me conhece e gosta de mim mais que qualquer um.
Às vezes, volta com ternura, nem tudo é má recordação.
Olho pela janela e agradeço o dom da memória.
Sou mãe da criança que fui.

Às vezes, estou apenas em meu pequeno mundo.
Tem trincheiras de amuletos e encantamentos,

aqui os fantasmas são bem-vindos,
negociamos a convivência e quão terríveis podemos ser,
mas não admito que, as dores recentes e mal curadas,
ninguém, nem mesmo o passado, as engorde como porcos.

Chegou um dia em que não pudemos mais mentir
e minha cara feia não foi disfarçada com maquiagem.
Eu estava com ele, amando-o mais do que nunca,
e entre os vincos de uma mão e outra,
ouvia-se uma canção triste.
Um dia, segui o rastro
do que compartilhamos no namoro
e me desorientei.
Só encontrei os vestidos possuídos por uma solidão tão
    verdadeira
que, de raiva, teria feito uma pilha
com toda a minha roupa para queimá-la na sacada.
No dia em que menos esperava, recolhi as coisas dele,
as posses despossuídas que dois anos de convivência
haviam ocupado na minha casa,
e como se o amor não valesse nada,
guardei tudo em uma sacola de supermercado.

Em uma sacola suja do supermercado
com essa necessidade de ser cruel até o sangue.
Perguntei-lhe mil vezes o que eu já sabia, que tinha men-
 tido,
que tinha me ocultado dos olhos de sua família e amigos
para não incorrer na vergonha de confessar
que estava apaixonado por uma travesti.
Finquei a agulha onde mais lhe doía
e nos separamos como pessoas maduras.
Ele partiu com suas bugigangas que sempre eram poucas,
para sair de um lugar sem perder tempo,
na sacola suja de supermercado em que eu
depositei um amor tão grande.
Esperei muito tempo pelo elevador
enquanto remontava o rio do esquecimento,
onde eu gostaria de me afogar para apagar a memória
desse primeiro beijo que prometia ser eterno.
Para apagar o amor que se arrastava
como um ferido de guerra
que ainda tinha muito a fazer e a dizer.

A Federico Lanza

Ouço os vizinhos de cima na agitação da semana.
Muito cedo, eles preparam seus filhos para ir à escola,
e quando ela volta após deixá-los na prisão infantil que
os arranca deles por algumas horas,
ela trepa nele e faz amor.
Hoje, a Escócia negou a possibilidade de ser uma nação
    livre,
com cinquenta e quatro por cento dos votos a favor de
    continuar
pertencendo aos ingleses.
A cidade chama seus trabalhadores, com sirenes,
táxis enlouquecidos,
ônibus que param no meio da rua,
persianas de metal que a funcionária mal paga abre.
Fará calor nesta tumba e nos exigem um pouco mais de
    resistência,
um pouco mais de pressa,

uma bolsa cheia de notas, uma agenda cheia de nomes,
um seguro contra acidentes de trabalho, um plano de
   saúde,
e dar uma esmola ao mendigo que dorme na rua.
Em dias assim, agradeço por a vida ter-me feito pobre,
por não exercer nenhum poder sobre ninguém.
Preparo um chá, tosto o pão,
trago as palavras para minha cama e escrevo:
neste mundo louco que é regido pelos caprichos da lua,
gostaria de ir até a sua casa
e abrir as janelas para lhe ver sentado ao sol,
pois todos sabem que um dia a maré subirá de vez.

Pendências para o dia em que eu decidir...

comprar um secador de cabelo e tecidos quentes para
   costurar um casaco.
Dormir até o meio-dia e responder a e-mails com pro-
   postas de trabalho de merda,
surpreender os amigos enviando
uma caixa de maçãs para cada um e um bilhete que diga:
"Comam uma maçã por dia e esqueçam os médicos".
Convidar meu pai e minha mãe para ir ao mar,
adotar um cachorro, ou uma criança,
ou ambos ao mesmo tempo,
e encher os terraços de plantas.
Preservar um canto para ele e seu cigarro na janela.
Trocar as cortinas.
Cozinhar uma torta de peras com creme de confeiteiro
e visitar Érica em sua barraca na feira de artesanato.
Ir a uma praia de nudismo.
Elaborar um plano de ataque e resistência,

descansar, dormir um ano inteiro,
e beijar sua boca como se entre um e outro,
e entre os dois e a vida,
nada tivesse acontecido.

Eu a procurei, sim, mas não para lhe fazer mal,
e sim para saber o que escondia entre as pernas
que você adorava tanto.
O que era que o fazia suspirar com tanta dor
quando o dia o surpreendia na minha cama.
Eu a procurei para vê-la cara a cara e medir sua coragem.
Eu a procurei para perguntar sobre suas formas de o amar,
para aprender os nomes com os quais lhe chamava.
Eu o fiz porque a odiava,
porque me lembrava de quão árido era nosso sexo.
Eu a procurei para saber seu nome e comparar sua pele
   com a minha.
Queria saber como preparava
o café da manhã.
Eu a procurei para que soubesse que eu estava do outro
   lado.
E a encontrei grávida

naquela casa de vila decorada com mau gosto.
Seu título de advogada como um brasão digníssimo pendurado na parede da sala.
Eu a encontrei malvestida, com o cabelo descolorido,
tornada transparente pela solidão que também era a minha.
Eu a encontrei e me achei tosca, dos pés à cabeça,
e senti pena pelas duas,
mas principalmente por ela.
Imaginei que, ao olhar o rosto da filha,
se lembraria sempre do homem que arruinou sua juventude
com as mesmas promessas que fez a uma travesti terceiro-mundista.

Deixamos muitos amigos pelo caminho.
Muitos dos nossos heróis foram mortos por mãos indignas.
Assassinaram os referenciais mais queridos.
Os fuzilaram contra paredes,
enfiaram balas em seus rabos,
queimando-os vivos em valas comuns,
em fogueiras,
em câmaras de gás,
em magníficas páginas de desamparo.
Quantos poetas, filósofos, músicos, quantos padeiros
e lixeiros e médicos e pintores
e pedreiros e profetas silenciosos
morreram assim.
Vimos nossos filhos morrerem.
Os vimos agonizar.
Conversamos com sua morte,
com deus,

com tantos santos e, no entanto,
nos foi negado tudo,
tudo nos foi tirado.
Fizeram isso sob tantos nomes
que identificar um culpado
é uma tarefa impossível.
Veremos muitos mais morrerem.
Talvez nós morreremos
e outros escreverão os poemas,
outros farão justiça,
outros se levantarão toda manhã e viverão.
Mas sabemos que é a única maneira,
escrever e fazer justiça.
Se evitarmos o caminho,
se evitarmos subir certas colinas,
escalar certas árvores
ou atravessar certos diques a nado,
talvez, na renúncia,
todos os nossos inimigos estejam à espera.
Continuemos a nos amar neste pântano de contradi-
    ções.
Continuemos a nos dar as mãos na rua,
beijos nos trens e abraços na grama.

Continuemos a nos vestir de mulheres,
a nos vestir de homem.
Continuemos a perdoar e a amar,
e não nos afastemos do trabalho lento e eficaz do amor...
mesmo que pareça piegas.
A verdade é que há coisas que deixaram de ser óbvias.

Esquerda trans

Eu te observava e te observava, mas estavas tão ocupado pensando no capitalismo e no anticapitalismo que nunca percebeste que bem perto alguém fazia uma pequena revolução: te amar.

Nos meus anos jovens, a sesta durava até as oito da noite. Eu acordava, tomava um chimarrão com pão preto, que era o meu almoço, lanche e jantar, e passava horas em frente ao espelho tirando os bigodes com a pinça de depilar. Depois, eu tomava um banho, revirava entre os vestidos que ao mesmo tempo cobriam e desnudavam e me disfarçava de prostituta. O reboque grosso de maquiagem nivelava todas as texturas das minhas bochechas barbadas e o fino contribuía com sua cota de criatura de deus para o meu rosto abandonado. Uma vez realizado o truque, saía para caçar homens famintos de amor.

Agora são onze e meia da noite e reflito sobre o que foi dado em troca de alguns trocados durante os anos mais brilhantes da minha vida. Os homens eram muito frágeis diante da falta de amor. Mas eu sempre fui frágil diante dos homens. Eu admito, em cada cliente esperava um salvador, uma proposta nobre, um "vamos cair fora", um Sting que me dissesse, Camila, você não precisa usar esse vestido vermelho esta noite...

São onze e meia da noite e em vez de andar de salto alto em ruas vazias, preparei um chá e me dispus a dormir cedo. Já me mediquei e visitei minhas amigas. Já me resignei ao fato de que os homens nunca verão o carvão agonizante que arde na cova do meu coração. Já experimentei os dons da vida e fui tão poderosa e feliz que, se morresse amanhã, não enviaria uma carta oficial a nenhum deus por me interromper.

Mas agora a noite é tão recente nesta parte do mundo que eu gostaria de dormir um século, e se não puder, porque ninguém vive um século, dormir vários meses e deixar descansar esse monstro que mostra os dentes cariados e podres e me diz "morra".

São onze e meia da noite e você e seu abandono podem limpar bem o meu carma, que está coberto de merda.

Bruxaria travesti

Contra a morte, o horror e a miséria.
Contra a solidão e as hordas de inimigos que cercam
   minha casa.
Contra todas as artimanhas e armadilhas da doença.
Contra o rancor e sua persistência.
Contra a ausência de deus,
eu me armei de amuletos e chocalhos.
As pulseiras que minha mãe me deixou,
os anéis que me deram meus amigos.
Um pote de moedas estrangeiras debaixo da minha
   cama.
A Virgem Travesti que vigia meu sono como uma gárgula
em meias arrastão.
Uma unha postiça que usei na filmagem da vida de Carlos
   Jáuregui.
A Virgem del Valle decapitada e restaurada.
As velas que acendo toda sexta-feira

e a oração de joelhos para agradecer e rogar igualmente.
O incenso, a sálvia e o *palo santo*
com que afasto os maus pensamentos.
Os vestidos que têm boas lembranças.
A pulseira de strass que uma travesti muito velha
me deu na estreia de um filme.
O obelisco e o baseado que fumo aos seus pés
e a enorme Buenos Aires que se abre
como uma colmeia de luz.
Algumas fotografias guardadas em um baú.
As caveiras mexicanas que zombam da morte.
O anjo que se esconde atrás da minha humanidade,
que estaria desfeita sem essa última tentativa
de me agarrar à vida com desespero.

Nosso amor havia se transformado em um animal de estimação que adorávamos. Ensinamos truques a ele, maneiras de viver, fazíamos sua cama todas as noites. Quando estávamos ausentes, procurávamos alguém para cuidar dele. Às vezes, os amigos se incomodavam com a presença do nosso amor, assim como se incomodariam com um cachorro mal-educado ou um gato invasivo. Meus pais adoravam nosso amor, como se fosse um neto, o neto que uma filha estéril não pôde lhes dar. Eles diziam: finalmente chegou alguém que cuida de você, alguém que segura sua mão na rua, alguém que te ama além do seu mistério. O mistério de ser travesti.

E, como costuma acontecer com os animais de estimação, ultrapassamos a vida dele e o amor morreu de repente. Podíamos continuar um ao lado do outro, ainda ser namorados. Podíamos deixá-lo ali, apodrecendo e supurando, ou podíamos também enterrá-lo, colocar flores na sepultura, polir a placa de bronze e lembrar dele de vez em quando, acendendo uma vela, agradecendo por tanta felicidade desinteressada. Nosso amor, nosso cachorro dócil que rosnou apenas duas vezes nos dois anos em que fomos namorados, o pequeno animal do nosso amor, morreu, e eu não soube o que fazer com seu corpo. Eu queria morrer e ser enterrada com ele, queria não viver depois daquele dia. Preferia ser costurada à morte do nosso amor.

Era temporada de teatro em Buenos Aires. *El Bello Indiferente* destroçava meu corpo todas as noites. Eu voltava exausta para o apartamento e transava com desconhecidos tanto quanto consumia clonazepam para me extinguir. Às vezes, eu me encolhia como um papel de bala, esperando que alguém me esmagasse. Eu me deitava sobre os restos de uma cidade indelicada e me permitia morrer.

De Córdoba, uma amiga muito preocupada me aconselhou a andar descalça em uma praça. Fui na mesma tarde. Perto dali, uma mulher jovem massageava sua filha, que não devia ter mais do que dez anos. Eu olhei para a vida ao meu redor e senti que a morte me mastigava. Assim como mastigou e engoliu nosso amor de crianças e filhotes.

Convivem os sustos e a beleza dia após dia neste mundo que construo com minhas mãos sujas. Enquanto a indústria pornográfica cresce e se torna cada vez mais sórdida, tão tenebrosa que rouba o sono. Enquanto algumas amigas travestis aumentam e fortalecem suas tetas, as blindam e dão brilho para cegar o inimigo. Enquanto os homens depilam seu púbis tristemente angelical e perdem a vida preservando seu mísero lugarzinho de poder, sonhando com mais alguns centímetros em seu pinto. Enquanto os amantes marcam encontros em horários desesperados para fazer amor tal como viram no canal fechado, na internet, à noite, quando o sexo deixa de ser sujo e proibido. Enquanto ninguém mais propõe, mas todos dispõem e espera-se que a ternura fracasse. Enquanto as travestis não podem meter a mão no coração de um homem, e só têm permissão para metê-la em sua braguilha, neste mesmo mundo atordoado de lugares comuns, uma vizinha no meio da chuva atravessou o pátio inundado para abrir a porta a uma amiga que vinha visitá-la de Berazategui, e sob a chuva se abraçaram e se fizeram cócegas como duas meninas que buscam desesperadamente estar no corpo uma da outra. Eu saía para comprar pão, completamente anestesiada com o clonazepam nosso de cada dia, e ouvi "como eu não viria te ver", "com essa chuva, digo", "o que importa a chuva, diga-me que já preparou a chaleira" e ofereci lhes trazer doces. Comadres, *carnalitas*, filhas da tormenta.

Elas me esperaram na porta do prédio falando sobre como estava bom para dormir. Quando lhes trouxe os doces, lembraram-se da dieta e as três rimos às gargalhadas. Subi para o meu apartamento e diante da janela pensei que enquanto o mundo corre em um espaço sombrio, nos ensinam a nos relacionar de uma maneira pornográfica, sem um lampejo de eletricidade, sem um único tremor.

Enquanto isso, os homens voltam para casa sem ter acariciado ninguém, as mulheres resmungam da solidão e as travestis aprendemos a sobreviver e a nos infiltrar, esperando que, algum dia, vocês baixem as defesas para esculhambarmos com tudo.

O sol vai e vem, e as nuvens estão lá para aqueles que gostam de se deitar nas praças e semicerrar os olhos mirando o céu.

Continuo te buscando. Nos busco aos dois, olhando-nos nos olhos enquanto tomávamos uma sopa que queimou nosso coração.

Tola, ele dizia, tolinha, as balas não te atingem. Você se fecha, não sente empatia. Foi disso que ele me chamou, nu devido ao calor, o corpo mais desejável do mundo ali para mim, sentado ao meu lado, minha perna contra a dele, preto sobre branco, e como o preto brilha! Como o petróleo ondula ao lado do branco viril de sua pele. Tudo microscopicamente, tudo você analisa assim, ele dizia, e eu comecei a rir porque ele estava me descrevendo por inteiro, não disse nada que não fosse verdade, ele tinha me decifrado, então eu ri e acariciei suas costas com as unhas, e sua pele reagiu, cobrindo-se de arrepios que me deram as boas-vindas. Lá fora o monte uivava suas preces de matança e aqui íamos gole após gole para a consumação desse assunto. Eu tinha me untado com perfumes e óleos nos quais ele escorregava e tudo foi muito natural, como ver uma árvore crescer ou um rio fluir, um continente se deslocar, sempre foi assim com ele. É natural, o olfato age, por mais que tenha custado a ele, por mais que seja um distinto campeão presidente do centro de estudantes da high macho college, ele se dirige ao meu corpo com a naturalidade de quem foi instruído em uma habilidade. Ele foi instruído por mim. Quando eu era bruxa. Fiz do meu jeito. Pedindo simplesmente. Eu disse para ele colocar o dedo aqui, a boca ali, o pinto assim, a perna assado, eu disse isso não, isso sim, perguntei se podia fazer isso ou aquilo, e ele foi descobrindo que era divertido assim, e é por isso que ele faz amor do jeito que eu gosto, porque ensinei a ele, sem que ele percebesse, fazendo perguntas tolas e passando as unhas pela pele dos ombros até emocioná-lo. Tolinha, venenosa, miserável, ele dizia, e eu soltava gargalhadas como se voasse em uma vassoura, fazendo a maligna, é claro. Ele me chamava de malvada, dizia que fazia as coisas com maldade, e eu ria e escapava de seus braços, e ele me pegava e me atraía contra seu peito, e estava tão perto que podia sentir o código morse do seu coração. E eu sou o senhor objetividade, você poderia me chamar de senhor, mas não quero ser superior, não senhor objetividade, mas sim senhor objetividade, e disse a ele que eu era a senhora subjetividade e ele ficou alerta antes da cópula, e como é cachorro mostrou os dentes (não sabe beijar) e minha negritude brilhou e minha pele começou a transpirar piche e ele ficou mais bravo e começou a lamber minhas costas, todo esse rio de sal negro que corria entre os músculos e eu rezava para mim mesma. Você não é fraca, ele dizia, você não é fraca magnólia amarga, você é forte Namorada de Sandro, porque não há como resistir a um amante como o meu se não tiver força. Passarinho, passarinho, eu dizia, e ele um pouco reclamava do tanto que gostava, e me passou pela cabeça o que o pai dele pensaria se soubesse que o filho se relaciona com uma travesti de pele apodrecida, o que seus amigos diriam se soubessem da ternura, do carinho, do respeito, da curiosidade e da dor com que ele me ama e era tão intenso como uma lua que derrama mel que eu disse a mim mesma ele vai me deixar grávida, vou ter uma gravidez intestinal como ouvi dizer que aconteceu com outras, no exílio. Ele me montou e eu me estirei na cama, abri bem as pernas e ele fechou os olhos e sorriu, ia e vinha, ia e vinha sempre sorrindo dele para mim e eu o recebia com a intenção de que tudo isso acontecesse de uma vez. E foi assim, esse amor tão antigo se renovou de repente, como se tivesse ultrapassado sua casca. Agora era um dragão que cantava fogo. Venenosa, miserável, demagógica, ele dizia, e eu pensava coitadinho, como seu amor pode fazer tão pouco; então, sem a intervenção de forças terrenas ou divinas, ele me abraçou, cruzou a perna sobre o meu quadril, eu respirei fundo e me entreguei a todas as virgens e me abandonei a essa casa feita toda de músculos. Vocês não sabem como meu amante é lindo. Ele afundou o rosto entre meu ombro e meu pescoço e dormimos assim sobre o tecido em que deus ama suas criaturas.

De todos os clichês nos quais caio todos os dias, o pior é o da culpa judaico-cristã. E não é apenas o fato de sentir culpa que me revolta, mas o simples pensamento é suficiente para criar um fantasma que me assuste à noite. Uma pontinha da grande pica judaico-cristã é o bastante para arruinar minha vida. E acontece que olho para trás e me dói o pão que levo à boca. Para esta Camila, a cama aquecida pelo sol, as iguarias que come e o chá que bebe têm o gosto dos diversos odores dos clientes que a outra Camila atendia no auge do inverno. É preciso se deitar com um homem que dirigiu seu carro o dia inteiro com calças oitenta por cento poliéster para saber que tipo de fedor é o perfume humano. O amor de agora me faz pensar nas carícias ásperas que a outra Camila suportava, fechando os olhos. O cheiro dessa roupa íntima alheia, quase sempre suja, essas axilas que pareciam um calabouço com paredes de cebola, esses caralhos que escondiam milhões de surpresas sob os prepúcios arruinados. Para esta Camila, a mesa onde come, os lençóis nos quais se deita, têm o sabor de um soco na cara, direto no rosto da velha Camila. Tão pequena, tão instintiva, tão amarga.

Os prêmios chegaram tarde e foi ela quem os mereceu. "Oquesevaifazer, oquesevaifazer" era o salmo que repetia quando se cansava da miséria. Mas essa tranquilidade não passa de um perigo silencioso em que se viu envolvida noite após noite, sem comer nem beber, como se diz por aí, essa velha e diminuta Camila.

Para esta Camila, os xales com os quais se cobre, os sapatos com os quais agora não vai a nenhuma zona vermelha, lembram que antes dela, antes desta chorona Camila, havia uma Camila que dizia a si mesma que precisava ser de aço, de pedra, não sentir nem frio nem calor, nem nojo nem gosto, nem ilusão nem espanto, por nada terreno.

O carinho que esta Camila pode receber do mundo tem o gosto da solidão da outra Camila, essa Camila sem pais, sem irmãos, sem amigos. Sem um afago de alguém que a trouxesse ao sol. A baía que se abre com todas as suas promessas sob o abrigo de um nome que a protege, para esta Camila tem gosto de anonimato, do nome nunca dito da outra Camila. Essa baía é um deserto que se entranha sob a língua, é o jardim onde a velha Camila resistia a todos os caprichos de seus clientes apenas para levar um pedaço de pão à boca.

Certa noite, um lixeiro sugeriu enfiar uma pilha grande nela, onde você, caro leitor, está imaginando. Disse que pagaria o dobro. Nesse dia, a velha Camila morreu. Enterrei-a numa cerimônia simples, com a humildade com que abaixava a cabeça diante do olhar acusador das vizinhas! As donas do Cajal tradicional! A viúva do juiz! O jovem casal que a denunciava por ser escandalosa. Assim, de cabeça baixa, deixei uma haste de nardos sobre o corpo que ainda não conseguia se livrar da pilha de rádio, a maior do estoque, que um lixeiro havia enfiado em seu rabo desvalorizado. Essa velha Camila que encontro nas poucas fotografias que sobreviveram ao meu holocausto privado tinha uma experiência avançada. Tanta inocência perdida, minha pequena Camila. E eu, com a enorme culpa de não ter conseguido resgatá-la de tanta falsa ilusão e tanto labirinto de agruras, sei que a cada manhã, o pão que como, o carinho que recebo, as reuniões familiares em que parece não existir o passado, deixam um gosto de urtigas sob a língua.

Minha filha de um metro e sessenta, apoiada nas barras de sua varanda, em pleno frio naqueles invernos antigos, resistindo como um jovem soldado em plena guerra das Malvinas.

Ainda bem que morreu, para não ver esta simplória em que me tornei com problemas do tipo bem-me-quer ou malmequer, sou boa ou sou má, não sei se bebo tequila ou mezcal e bobagens assim.

Obrigada catequese, obrigada comunhão, obrigada infância missionária, por depositar em meu DNA o bichinho que arruinaria meu bem-estar de rainha supervalorizada.

Ode às minhas tetas

Por volta dos doze anos comecei a fantasiar sobre ser travesti, embora sem saber que essa revolta que ocorria nos campos do meu espírito seria chamada assim. E como fui coroinha antes de ser humana, com toda a fé que eu tinha, rezei todas as noites para a Virgencita del Valle para que eu acordasse um dia com a surpresa de que minhas tetas haviam crescido. A Virgem não me ouviu, então, quando cresci, saí do casulo e me revelei como uma flor de travesti, fiz para mim três pares de tetas de espuma. Tirei-as de um colchão que era matéria-prima, escritório e cama onde descansava, e as fiz perfeitas. O colchão, é claro, eu encontrei na calçada. O engano das tetas funcionou por vários anos. Eu dizia aos clientes que tinha acabado de fazer uma cirurgia e que não podiam tocá-las. Apenas olhá-las e ter fé na minha palavra. Mas depois, o encanto começou a minguar. Um dia, vi minhas tetas sobre a mesa e não acreditei nelas, e nada foi o mesmo desde então entre elas e mim.

Três pares de tetas senhoriais, umas pequenas para quando eu brincava de ser uma garota hétero com decote discreto, outras normais para ir à universidade e as gigantes para sair para os rolês. Certa noite, uma brisa de mau agouro derrubou uma das tetas no aquecedor elétrico e quase morri sufocada pela fumaça. Joguei-as no lixo naquela mesma noite, depois de ventilar o quartinho de pensão para que no dia seguinte as manchetes não gritassem nas bancas de jornais: INVERTIDO MORRE SUFOCADO PELO SONHO DE TER TETAS.

    Atrás dos mamilos negros, achatados, recolhidos em sua ausência aguardando serem desejados, meus peitinhos iriam causar alvoroço antes do que meu ansioso coração conseguia imaginar. Certo dia, uma travesti me disse para tomar hormônios. Um comprimido de antiandrógeno de manhã e duas doses de gel com estrogênio puro, duas vezes ao dia. Como antes de ser coroinha e travesti eu era carne crédula, segui o conselho dela, e a história das guerras se desdobrou. Minhas tetas começaram a crescer! Primeiro foram brilhantes, depois pepitas de ouro de catorze quilates, depois pérolas e depois vidro imitando rubis e esmeraldas para a coroa da rainha do desfile. A aréola se expandiu, tornou-se redonda e larga, corou como uma adolescente envergonhada, e alguns meses após o valerato de estradiol e o acetato de ciproterona, revelou-se a forma em que coube uma felicidade nova. Aos trinta anos, no auge da minha adolescência trans, duas pequenas tetas vieram preencher meus sutiãs.

Comam e bebam todos do meu peito! Gritava na rua para estreá-los em mãos que não fossem de clientes, em bocas que os desejassem por rebeldia e não por servilismo. Pedia por favor que fizessem pão com minhas tetas, que os apicultores colhessem o mel que jorrava incessantemente delas.

O menor susto, uma virada brusca, o contato com o sutiã, o choque inesperado com um passageiro no ônibus, tudo é motivo para uma descarga elétrica de 2.328 enguias que mordem meu peito. Agora podem dizer que ando feliz como travesti com tetas, e estão certos. Nunca minhas antigas mestras me disseram que uma festa estava escondida no decote.

Às vezes, quando me olho no espelho nua, falo com elas como se fossem duas cadelinhas recém-nascidas:

calma, minhas ninfas, vocês serão pequenas, mas não menos resplandecentes por isso. Quem diria que aquele gordinho que rezava para que suas tetas crescessem como as de suas amigas se tornaria esta mulherzinha que desfruta dos benefícios de sua fé.

A teta esquerda é maior que a direita. E isso não é uma analogia política, por mais que eu quisesse. Porque claro. Nem tudo poderia ser perfeito.

Minhas amigas: há homens que não merecem nossa linguagem roubada de toda a vida da natureza, nem a suave pele do estrogênio, nem sua cor de melado. Há homens que não merecem nossas mãos especializadas em dizer o que a linguagem não foi capaz de inventar. Leiam-me bem, há homens, não apenas os amantes, não apenas os maridos, não apenas os irmãos nem os pais nem os filhos nem os amigos, não apenas os homens que se aquecem como asfalto à tarde com uma mulher, também os homossexuais, os maricas, há homens de todos os tipos que não merecem atenções nem cartas, nem curiosidades nem esta entrega cidadã com a qual avançamos para o desejo. Há amigos que não merecem os gestos, nem os pensamentos, nem aquelas implosões que derrubam os andaimes de nossas costelas, nem aquilo que inaptamente chamamos de coração porque, nessa linguagem de homens, não conseguimos dizer onde reside a semente do nosso fogo. Há amantes que não merecem a umidade nem o calor de nosso sexo, nem o espírito alegre com o qual trepamos sobre eles para chegar a deus. Há amores que não merecem consultas aos ancestrais, nem o dinheiro gasto com o psicólogo, nem a tristeza com a qual colorimos a tarde, nem a espera por um sinal no céu. Há um tipo de homem, de qualquer país, classe, cor e tamanho, que não merece a epopeia de nossas palavras. Eles vêm com os braços carregados de presentes que se quebraram no caminho, esperando que com isso cumpramos uma promessa. Acreditem, amigas, merecemos solidões melhores.

A cunhada de Sandro

Minha irmã e eu sempre fomos as mais feias da escola.
Tínhamos olhos grandes e um pai com mão solta para
   o castigo.
Minha irmã, tão branca que chega a ser transparente,
tão sincera que é sólida como uma rocha.
Tão frágil que poderia quebrar
com o sopro de um pulmão pequeno.
É hospitaleira, cozinha para suas visitas,
prepara lanches esplêndidos, coloca muitos pratinhos,
seu toque é como seda,
seu animal de estimação é um gato cinza.
Em sua casa, as panquecas com doce de leite
não duram na mesa mais do que dura nosso amor, que
   sempre é pouco.
Minha irmã e eu nunca fomos precavidas,
não poupamos, não guardamos,
bebemos jazz até nos engasgarmos

de tristeza.
Minha irmã não é deste mundo,
veio de um trecho da *Ilíada*, foi escrita pelos gregos.
Com minha irmã rimos das mesmas bobagens,
e cravamos os dentes venenosos em
certas grosserias sem jamais morder a língua uma da
    outra.
Com minha irmã,
não dizemos tudo o que nos dói por dentro,
mas temos orgulho de ser
as mais feias em um mundo que fabrica deuses
com matéria-prima tão ruim.

A seleção natural perdeu o rumo
e o homem se sente acima da fauna
e da flora,
os caçadores acima da vítima.
Os jovens se sentem superiores aos velhos,
os homens acham que são melhores que as mulheres,
sem saber que até mesmo a mais fraca é melhor
que um homem formado na escola dos machos.
Homens, mulheres, crianças, adolescentes e idosos
acham que são superiores às travestis.
O rico se sente superior ao pobre,
o contemporâneo se sente melhor que o clássico
e o clássico faz voar a pipa de sua eternidade.
Os heterossexuais acham que são melhores que os
homossexuais,
mas o homossexual com dinheiro se sente melhor
que a bicha pobre.

O homossexual atlético saboreia sua imagem
no espelho,
e seu narcisismo o faz acreditar que é melhor que
a bicha gorda que lamenta não ser melhor que
ninguém.
Os belos subestimam os feios,
os inteligentes os tolos,
os tolos a todos.
Pessoalmente, assino o mundo a partir de algumas hie-
    rarquias, por exemplo,
sei que as plantas são superiores a tudo que está sobre
    esta terra
e os cães são os melhores animais de estimação.
Nina Simone é melhor que suas colegas,
e ninguém pode igualar Jessica Lange.
Não acredito em merecimentos nem em histórias de
    superação.
Minha história de amor mais bonita, que falo na pri-
    meira pessoa,
é com um amigo gay e tanto faz...
Afinal, neste jogo de justiças
e injustiças,
a morte sempre tem as melhores cartas.

Os sogros de Sandro

Desde a curva e apesar
das ruas de terra
e da poeira,
das casas apenas erguidas,
das veias e dos músculos dessas paredes,
vejo meu velho trabalhando.
Uma e outra vez, preso
nesse estado de produção constante,
nessa responsabilidade de prover.
Cava a terra,
coloca tijolos em cima,
troca isso por aquilo,
cuida da horta,
arruma sua caminhonete
com ares de grande mecânico.
Fazer, fazer e fazer
e, de vez em quando,

jogar bola com o filho dos vizinhos.
O caminho foi longo,
alguns inimigos armaram emboscadas,
volto apenas com a roupa do corpo,
tudo que levei de casa eu perdi, mas sei
que quando o álcool amolece as comportas,
meu velho me olha com saudade
e sabe que aprendi a sobreviver
graças à força com que ele resistiu à pobreza.
Ainda tenho um pai e uma mãe.
Meu velho fica cansado às vezes
de carregar o mundo nas costas.

Levei minha filha de sessenta anos para a sua primeira Parada do Orgulho Gay, no dia mais quente do ano. Minha filha, que antes foi minha mãe, que antes foi órfã e depois a esposa de um homem que não a tratava bem. Assim que chegamos, lágrimas de âmbar rolaram de seus olhos. Ela havia macerado esse choro por muito tempo, desde o dia em que soube que seu filho não voltaria e que agora, até que a vida fosse vida, seria mãe de uma travesti.

Barricadas de bichas emplumadas nos recebiam, adornando minha filha, agora adulta e capaz de andar entre a fauna gay mais corajosa do mundo. Os maricas latino-americanos, as lésbicas sul-americanas, as transexuais filhas diletas de Juana Azurduy e Frida Kahlo, os meninos trans, viris e lindos, com suas questões à tiracolo, trazendo novas maneiras de ser homens para este mundo desfeito.

Bandeiras de sete cores, mas também lenços, maquiagens, vestidos e perucas de sete cores.

Minha filha de sessenta anos viu pela primeira vez o coração do prisma e chorava.

Também bebia cerveja e cumprimentava todos os meus amigos. Eu estava um pouco preocupada que ela ficasse cansada, mas sabia que tudo daria certo.

Quase chegando ao palco, nos deparamos com uma menina travesti de apenas oito anos. Sua mãe quis tirar uma foto conosco e, enquanto posávamos, minha filha adulta, que havia bebido cerveja com permissão de sua mãe, falava com ela com uma desesperação que raramente vi em seus olhos. A menina travesti nos olhava com uma sabedoria antiga, sem se interessar pelos gestos cortantes que minha mãe desenhava no ar. Durante toda a Parada do Orgulho Gay daquele ano, observei atentamente minha mãe observando essa menina, que poderia muito bem ter sido eu, se ela e meu pai tivessem sido infiéis a esta cultura da devastação.

Ao voltarmos para casa, já cansadas, minha mãe falou como se tivesse conhecido sua heroína da juventude, sua atriz favorita, sua cantora mais amada. Ela estava como em um sonho pensando na menina travesti que havia congelado o tempo para ela. E de repente, caiu. Não viu um canteiro, tropeçou e caiu com todo o seu corpo de mulher de sessenta anos. Eu fiquei muito assustada. Como quando o homem que não a tratava bem a espancava. Esse medo antigo se abriu passagem ao vê-la desmoronada no chão. Minha pequena filha mais velha, prestes a se aposentar, minha ferida fundamental.

Ajudei-a a se levantar enquanto as pessoas se aproximavam para socorrê-la, mas foi suficiente estarmos juntas naquela queda. Sentamo-nos em um banco de cimento. Eu a abracei sem entender que minha pequena filha, a quem roubaram a bondade e a universidade e as férias, estava quebrando sua semente com um broto moreno. Seria uma árvore algum dia. Seu corpo era macio, enorme para os meus braços, estava oprimido sob a dor inesperada. De repente, em meu ombro, ela começou a chorar, em silêncio. Suas lágrimas molhavam meu vestido e ela chorava como eu a havia visto chorar tantas vezes em sua juventude, por todas as malditas coisas que deram errado em sua vida. Eu não sabia o que dizer, então a deixei chorar suas lágrimas verdadeiras, não aquelas que chorou no início da Parada. Essas, pelas quais não perguntei e não quis saber.

Era o nascimento dela e todo o orgulho gay do mundo a trouxe à vida e a fez respirar.

Te disseram que era necessário colocar garrafas plásticas com água no chão
para evitar que os cachorros cagassem na calçada da sua casa.
E você encheu toda a calçada e o quintal com garrafas plásticas
e os cachorros continuaram cagando regularmente
junto às garrafas como se não soubessem.
Te disseram que para ter televisão via satélite
bastava colocar uma forma de pudim sobre a antena.
Você pegou a forma de pudim da sua esposa, que estava
na família havia quarenta longos anos e a furou
e a colocou sobre a antena da televisão no telhado.
Nunca aconteceu nada via satélite, nem sequer remotamente, e sua esposa chorou a perda.
A grande forma de pudim inútil perfurada por sua credulidade.

Você sempre foi assim.
Nunca pôde distinguir o nome de suas crenças.
Seus amigos lhe diziam que seu filho era o namorado
    da cidade,
que o comiam entre cinco na beira do rio
e você acreditava e amassava o ódio por seu filho e de-
    pois o punha para fermentar.
Quando saí de casa, entendi que assim era a maioria
das pessoas que cruzavam meu caminho.
Não escolhiam no que acreditar.
Simplesmente enchiam o quintal de suas casas com
    garrafas plásticas.
Todos se comportavam como se fossem pais de alguém.
A terra está regada de pais que acreditam contra seus
    filhos.

Durante anos, meu pai acordava antes do amanhecer e botava para funcionar seu negócio de pobre. Enquanto amassava o pão, assobiava canções em volume alto para que minha mãe e eu acordássemos. Um rádio AM era sua única companhia, o locutor de todas as manhãs que foi adoecendo suas ideias e de alguma forma sua ética. Eu ia para o campo e cortava piaçava para que ele varresse os resquícios do incêndio dentro do forno. Ele fazia o pão mais saboroso que já provei e sempre me perguntei a mesma coisa: se seus clientes tinham consciência do evento de comer um pão bem-feito. Meu pai não fez muitas coisas direito, mas foi o melhor padeiro, o gerente de sua empresa modesta. Minha mãe, como um pássaro no lombo de um rinoceronte, se igualava à força de trabalho do meu pai. Ela tinha seus próprios negócios modestos. Fazia alfajores de maizena para a hora do chá. Me levava de bicicleta, sentada na garupa olhando para as suas costas, sua única blusa de seda, que ela lavava todas as manhãs, à mão e com xampu para não danificar o tecido. Percorria a cidade vendendo seus alfajores. Era de tarde e os caminhões cheios de água regavam as ruas de terra.

    Às vezes, meu pai ficava triste, ele não dava razões. Às vezes, depois de alguns vinhos que avermelhavam seus olhos e estrangulavam sua beleza, ele pedia que eu sentasse ao seu lado. Parecia se acalmar, foram muito poucas ocasiões. Mas eu o via suave e bom, sob o poder do álcool. Minha mãe o chicoteava para que soltasse o vinho, mas, claro, também conhecíamos quais outras "virtudes" o vinho provocava nele.

    Minha mãe cozinhava e toda a sua arte inundava a casa com cheiros. Cantarolava por cima do rádio canções piegas que falavam de desencontros e amores que nunca seriam.

    Eles cavaram muito fundo os alicerces da casa. Meu pai carregava as pedras para preenchê-los e sua roupa parecia se rasgar pelo puro esforço. Às vezes, parava para respirar como uma besta de carga e ficava solene e orgulhoso ao falar sobre como eram profundos os alicerces de sua casa. Minha mãe nem tinha tempo para passar creme nas mãos, mas se inclinava sobre o fogo e tomava um café e pensava e pensava. Quem sabe por onde andaria, mas ela brilhava como Rita Hayworth ou Annie Girardot na tela do cinema.

Nos desencontramos e desfizemos a rede que nos mantinha unidos. Eles me disseram adeus da porta de casa e eu fui seguir a vida.

Fiz um gesto desajeitado e derrubei o copo de vinho sobre a toalha que trouxe de uma viagem. Corri para escrever este pensamento: para minha morte, pedi para ser queimada e que joguem minhas cinzas no mar.

Sandro

    Ele fez algo que nenhum outro havia feito: falou comigo enquanto trepávamos. Era fascinante descobrir, noite após noite, que poderíamos conversar enquanto ele me montava com aquela beleza afiada. Moreno, magro e bem nutrido. Suas pernas eram preciosas, seu traseiro era como um templo e ele sorria, olhava nos meus olhos e sorria, enquanto eu o fazia jurar que nunca mais sairia de mim, que durante toda a noite ele permaneceria ali, naquela igreja que eu abria para ele, um templo ardente onde ele começava a conversar com deus. E ele me perguntava sinceramente se eu gostava do que ele fazia, se queria mais profundo ou pelas beiradas, se podia beijar aqui ou ali, ele repetia quão linda me achava e quanto desejava estar comigo, as vezes em que se masturbara olhando minhas fotografias, os lugares em Barcelona onde faria amor comigo. As palavras surgiam tão suaves, como se as derramasse sobre minha boca, como uma umidade a mais que vinha do seu corpo. Eu podia me refletir no brilho de sua pele como na lâmina de uma faca fina e reluzente. Eu até me vi conversando com ele, brincando ao dizer que não gostava de nada daquilo, que ele parasse, que tudo me parecia um absurdo, que um pau tão grande como aquele nunca entraria em meu corpinho de crioula, e ele enlouquecia e ria, e eu ria com ele e podia adivinhar exatamente quando ele ia gozar porque ficava mais safado, dizia porcarias que eu jamais poderia reproduzir, e a pele do pescoço ficava toda eriçada, como se quisesse mordê-la ou chupá-la.

Uma tarde, fizemos amor por cinco horas seguidas, sem jamais interromper o tesão, mesmo quando descansávamos por um momento, alguns minutos. Era urgente a ciência do seu corpo dentro do meu, aquela elaboração meticulosa de hipóteses sobre a minha temperatura e a minha textura por dentro. Um *bocatto di cardinale*, um exemplar estranho, muito daninho, bem adaptado, todo cheio dos brasões de quem estudou no Colégio Monserrat e seus amigos bem-sucedidos com quem jogava críquete e bebia uísques comprados nos vários free shops do mundo onde os meninos ricos muito viajados botam os pés. E, no entanto, nenhum poeta, nenhum candidato calvo da esquerda, nenhum *indie* milionário da cultura cordobesa, nunca falou comigo daquela maneira enquanto fazíamos amor. Era como comer nozes confeitadas, algo muito doce e azedo. A carne humana tem esse sabor. Não sei quantas vezes gozamos naquele dia, mas algo aconteceu que nos fez parar, senão talvez hoje continuaríamos nesse entrevero. Do aparelho de som, em sua playlist do Spotify, após horas do mais requintado Spinetta e Charly e alguns mestres do remix, uivou o Polaco Goyeneche com aquele tango horrível que diz "lástima bandoneón mi corazón su ronca maldición maleva", e eu me transformei em estátua de sal com tamanha pieguice e paramos os dois, com o ar preso, e rimos muito e então tomamos banho e fomos beber cerveja. Congelados para sempre pelo lamento do Polaco.

Passaram-se os anos e não conheci outro homem com quem pudesse brincar um pouco com as palavras fazendo coisas perversas, por assim dizer. Nunca mais um amante conversou e riu comigo enquanto fazíamos sexo. E ele foi absorvido pelo grande vazio absoluto que é o mundo dos homens, que se casam para esquecer onde e com quem sua vida ardeu um pouco.

**Leia também,
de Camila Sosa Villada**

Quando chegou à cidade de Córdoba para estudar na universidade, a autora argentina Camila Sosa Villada decidiu ir ao Parque Sarmiento durante a noite. Estava morta de medo, pensando que poderia se concretizar a qualquer momento o brutal veredito que havia escutado de seu pai: "Um dia vão bater nessa porta para me avisar que te encontraram morta, jogada numa vala". Para ele, esse era o único destino possível para um rapaz que se vestia de mulher.

Camila queria ver as famosas travestis do parque, e lá, diante daquelas mulheres e da difícil realidade a que são submetidas, foi imediatamente acolhida e sentiu, pela primeira vez em sua vida, que havia encontrado seu lugar de pertencimento no mundo.

O romance *O parque da irmãs magníficas* é isso tudo: um rito de iniciação, um conto de fadas ou uma história de terror, o retrato de uma identidade de grupo, um manifesto explosivo, uma visita guiada à imaginação da autora. Nestas páginas convergem duas facetas da comunidade trans, facetas que fascinam e repelem sociedades no mundo inteiro: a fúria travesti e a festa que há em ser travesti.

Nos duros anos da década de 1990, uma mulher ganha a vida como namorada de aluguel para homens gays. Em uma boca de fumo no Harlem, uma travesti tem um encontro inusitado com ninguém menos que Billie Holiday. Um grupo de jogadores de rúgbi tenta pechinchar o preço de uma noite de sexo e recebe de volta o merecido.
Freiras, avós, crianças e cachorros nunca são o que parecem...

Os nove contos que compõem este livro são habitados por personagens extravagantes e profundamente humanos, que enfrentam uma realidade nefasta de maneiras tão estranhas quanto eles próprios.

Dona de uma imaginação deslumbrante e atrevida, Camila Sosa Villada é capaz tanto de assumir a voz de uma vítima da Inquisição mexicana quanto de construir um universo distópico, em que a existência travesti se tornou sua mais forte vingança. Com seu estilo único, brinca com os limites entre magia e realidade, honrando a tradição oral da literatura latino-americana com desenvoltura e solidez sem igual.

**Acreditamos
nos livros**

Este livro foi composto em Utopia Std e
impresso pela gráfica Santa Marta para a
Editora Planeta do Brasil em maio de 2024.